폐차 이후
여로에서 건진
작은 구름들

폐차 이후 여로에서 건진 작은 구름들

2024년 02월 06일 제1판 인쇄 발행

지 은 이 ㅣ 이운기
펴 낸 이 ㅣ 박종래
펴 낸 곳 ㅣ 도서출판 명성서림

등록번호 ㅣ 301-2014-013
주   소 ㅣ 04625 서울시 중구 필동로 6 (광성빌딩 2·3층)
대표전화 ㅣ 02)2277-2800
팩   스 ㅣ 02)2277-8945
이 메 일 ㅣ ms8944@chol.com

값 10,000원
ISBN 979-11-93543-39-9

이운기 제4시집

폐차 이후
여로에서 건진
작은 구름들

도시출판 명성시림

시인의 말

　오랫동안 쌓아둔 물건들을 거풍擧風하는 마음으로 일부를 정리하고, 새로 만든 물건들을 섞어 네 번째 시집을 냅니다.
　나라 안팎으로 어려운 시기에 앞으로 얼마나 더 낼 수 있을지는 몰라도 건강이 허락하는 날까지는 내 시의 원형질은 계속 햇빛을 보게 될 것입니다.

　시련을 덜 겪거나 수련이 덜 돼서일까
　재주가 모자라거나 땀을 덜 흘려서일까
　시간이 흐른 뒤 다시 보면 늘 허전하네요.
　그래도, 평생 비논리의 부메랑에 걸려들지 않고
　이런저런 눈치 안 보고 살고 있으니
　시의 밭에서 노닐다 떠나는 바람 한 점 보이네요.

　시집을 출판해주신 명성서림 박종래 대표님과 이해경 총장님께 감사드립니다.

甲辰 정초
문정동 寓居에서
솔안松巖

차 례

1부 · 폐차 이후

2부 · 봄날 찬란한 소리

3부 · 범부의 노래

4부 · 청솔 바람 소리

5부 · 때로에서 건진 작은 구름들

1부 · 폐차 이후

POST

폐 차

속은 멀쩡한데도 나이 들어
중고 시장에 오를 수도 없다니
무덤으로 보내는 게 어떠냐고……?
아직은 쓸 만한데도
한 주기 생을 마감해야 했네만
어쩌랴, 문화는 누리는 자 몫이거늘
나 하나 편하고 싶어
누군가에 피해라도 준다면
평생 걸어온 외길 어쩌라고
노욕이란 말 듣기 전 멈춰야지
남쪽으로 달릴 걸 북쪽으로 가게 된다면
정녕 어쩌려고, 아쉬울 때 손 놓아야지
십칠 년 굴렀어도 십만을 넘지 못했는데
너는 주인을 잘못 만났거니
너를 해체했다는 확인서를 받고
국가 기관에 면허증을 반납하고 나니
잠시 허전하기도 했네만
이제는 하나씩 내려놓아야지, 무거운 짐들

폐차 그 이후

운전대를 놓고 나니
느리게 살아도
또 다른 꽃이 피더라

언제부터일까, 느리게 말하고
느긋하게 생각하게 되니
다른 소리도 들리고
번뜩이는 빛들이 손짓해도
느리게 반응하는 눈 귀 코
사람살이 열두 고개 너머
열두 얼굴 하늘 아래
골목골목 색다른 이야기
아기 인형들 눈망울도 보이더라

풀잎 나뭇잎 속삭임 들으며
허공을 홀로 걸어가는
늙은 사내도

운전자론

어느 날 운전 면허증을 반납하고
돌아오는 길에 불현 듯
깜냥 안 되는 사람이
운전대를 잡으면?
운전자 그 사람 먼저
집안도 나라도 두루두루…

깜냥 안 되는 사람들아
운전대는 잡지 말아야지
욕심으로 운전대 잡으려면
능력이라도 제대로 갖춰야
집안도 나라도 두루두루…

탄소중립 오오 대한민국!
지구 마을 곳곳에서 신바람
태극기 휘날릴 게야
저 푸른 하늘 너머
하늘 땅 구만 리 먼 곳으로

폐타이어에 누워

틀에 갇힌 일상 잠시 던져놓고
체력단련 시설 폐타이어에 등을 대고
위를 보다 너무 높고 깊은 창공
그 속은 헤아려도 알 수 없어
서쪽으로 흘러가는 구름 보는데

맨살에 침을 꽂는 물것들 등쌀에
철썩! 긴장하는 신경세포
본디 물것들은 날것을 좋아하나?
알고 보면 나도 아직 날것인 걸
짙푸른 숲 어디선가 꾀꼬리 소리
저 울음은 지금 무슨 색?
물어뜯는 물것 소리는?
물어뜯기는 네 속내는?
에너지 분출하는 일상 너머 저쪽은?
높고 깊은 하늘 헤아릴 길 없어
타이어 아랫도리 땅 위를 생각

땅 위를 구르고 구르다

명명命名 앞에 '폐廢'자가 붙은 이후
새로운 임무를 수행하는 자네
과연 언제 한번 제대로 굴러봤을까
체력단련 시설 폐타이어에 누워
너는 언제 어디서나 과연
제대로 한번 굴러봤는가

하늘 우러러 바라는 것은 오직
수명을 다해 구를 수 없게 되기 전
한 번이라도 제대로 굴러봐야지
어디론가 굴러야 하는 숙명이라면
진짜 굴러야 할 때 제대로 한번 굴러봐야지

엘리베이터

그저께는 생애 스토리를 마감하는 행사에 참석했다
어제는 동료 아들 새 출발 행사에 참석했다
오늘은 병원 엘리베이터 안에서 오르내리는 숫자를 보며
이승과 저승을 오르내릴 환우 스토리를 생각하다
지금 확인할 수 있는 건 한 가지
아직은 혼자서도 오르내릴 수 있다는 것

생사의 엘리베이터는 오늘을
여전히 오르고 내리고
우리 삶은 순간순간
오르내리다 멈출지라도
반드시 막아야겠다
거짓말 스토리

쉬엄쉬엄 오르내리는 게야

산을 오르내릴 적에는
숨이 차면 느리게
힘들면 앉아서 쉬다
흔들면 흔들리면서
흔들리는 나무들도 보면서
쉬엄쉬엄 오르내리는 게야

묵직하게 배낭 메고
험한 산을 오르던 저 사람
내려올 적에는 더 쉬엄쉬엄
혼자 중얼거리는 말
산도 사람도
쉬엄쉬엄 오르내리는 게야

한 알의 구근球根

공원 화단에 구멍을 뚫고
한 노인이 튤립 구근을 심고 있네

실눈 뜨고 나올 저 에너지는
과연 어디서 나오는 걸까
'매우 나쁨' 의 시절 견디고
막힌 숨구멍이나 펑펑 뚫어라

너도 살아남아야
한 알의 어엿한 씨앗으로
새봄에 새 꽃을 피우느니
욕심을 버려야
제 속살 썩지 않을 텐데

잘 넘어라, 네 삶의 한겨울
땅 속에서 새로 돋을 꿈의 촉觸

넉넉한 마음

책은 성현이 남긴 찌꺼기라
말했다는 이야기 한 줄
무심코 생각하다

사유의 찌꺼기라도
한 번 더 살피니
묵은 지 맛이 나던 걸

겉절이 맛 나는 시라도
한 줄 건진 날은
넉넉해지는 마음

일찍 일어난 새

소한 절 새벽
맵찬 바람 속 알몸
버찌나무 아래서 먹이를 찾는
비둘기들 바쁜 움직임 보고

저러니 버티고 살지
저들이 바로
일찍 일어난 새로군!

신새벽 참나무 숲을 달리던
시골 소년아 너는 지금
어디를 날고 있는 새냐

날로 무거워지는
몸 데리고

하짓날 친구에게

백세에도 바둑을 즐기신다는
노老 어르신 모시는 친구야
과수원 황금 배는 잘 여물고 있나
자네도 바둑을 즐긴다니 문득
두보의 〈강촌江村〉이 생각나네만
바둑을 모르니 한 가지 묻겠네
예나 지금이나 치열해야만 사는가
검은 돌 흰 돌 싸움놀이
하늘에서 눈부시게 햇살 쏟아지고
녹음 속에서 여름이 꿈틀거려도
직진만 아는 사람들보다 무섭게
늘 '나'만 바쁘고 '나'만 옳다고
엉뚱한 데서 판이나 벌이려 한다니
그들은 청맹과니? 정말 청맹과니일까
길고긴 여름날 노 어르신 모시고
판세 보는 법이라도 전수받았을 자네
알려주시게, 엉킨 실타래 푸는 묘수
검은 돌 흰 돌 죽고 사는

단풍, 그 입술

늙수레한 상수리 오리나무 저쪽
청솔 사이 빨강 노랑 적갈 단풍
빨강 단풍 하나에 입술 하나
노랑 단풍 하나에 입술 둘
적갈 단풍 하나에 입술 셋
뿌리는 달라도 그들은 모두 단풍
큰 나무 줄기에 이어지는 실핏줄
그 하나하나 붉은 그 입술
빛깔 모양 달라도 가슴엔 오직 사랑
오백여 성상 흥망성쇠 왕릉 가는 길
오른 쪽에도 빨강 노랑 적갈 단풍
왼 쪽에도 빨강 노랑 적갈 단풍
나무마다 색다른 단풍, 그 입술 말라도
젊어서나 늙어서나 자자손손 오직 사랑
무서운 서릿바람에 가랑잎으로 날려도
한 소리 하면서 떠나는 모습들
생각하네, 출렁이는 오늘의 역사

왕릉을 바라보며

다리禁川橋 건너 홍살문紅箭門 저쪽 정자각丁字閣
그 안쪽에 능침陵寢을 바라보니
왕은 백성을 지성껏 돌보고
백관百官들은 염치라도 보였을까
세월은 역사를 만들고
역사는 눈물과 웃음과 비화를 엮어
크나큰 한 그루 꽃나무로 자랐거니
저만치 한 시대 왕조와 그 백성
이만치 살아있는 권력과 그 국민들이여
얼마나 공정한 처우로 살아왔을까

왕은 죽어서 능陵 원園 묘墓를 만들고
뒤에 오는 사람들 숫돌이 되거늘
세계문화 유산의 저 왕릉도
길 옆 푸서리 초라한 무덤도
아무 일 없던 건 하나도 없겠거늘
내우외환 속에서 번뜩였을 서릿발 붓끝
오늘에 부끄럽지 않을 꼿꼿한 그 눈빛
칼 끝 너머 올곧은 필법 생각하며
왕릉을 바라보는 나그네여
노래하라 칼바람 몰아치는 시절에도
청사에 빛나는 향기로운 그 이름들

철이 드나봐

늦어서 어금니 한 대
시술받고 돌아온 날 밤
인과 없는 일은
하나도 없다는 말
온몸으로 깨닫고

사람 사이 거리
날이 갈수록 소중하고
즐겁거나 슬픈 일 모두
뿌린 대로 거둔다는 말
조금씩 알게 되다니

이제야
철이 드나봐
한 생애 사람살이

단풍 얼굴

혼자서 허공을 걸어가는 단풍
한 생애 끝물이었던가!

불콰해진 얼굴로
석양 배죠 나누던 얼굴들
하나 둘 …… 떠난 뒤

썰렁한 목로주점
흰 사기대접에
아직도 남아 있었네

서릿바람 속 붉은 얼굴
빈 잔에 어른거리는

단풍나무에게

봄여름 푸르던 그 가슴에
불씨 하나 심어 놓고
참고 견디더니

마른 입술, 마른 가슴에
타오르는 저 불꽃 향기
그 열정 어디에 두고
어느 날 갑자기
소신공양(燒身供養)이라니!

떠날 시간 많지 않아도
자네가 살아남아야
가장 아름다운 얼굴이야

고양이 담론

우리 동네에 고양이들은 많지만
흰색 검은색 얼룩이들 모두
주는 밥이나 공짜로 먹고
쥐 잡는 걸 통 보지 못하다

몇 년 놀고먹다 때 되면
허리 굽혀 몸 낮추고
열심히 쥐 잡겠다고
목청들 세우지만
두루두루 밝은 눈으로 살펴야겠네

흰 고양이, 일부러 안 잡은 건지
검은 고양이, 몰라서 못 잡은 건지
얼룩이, 게을러서 못 잡은 건지
어떤 무리가 발목을 걸었는지
누가 몽니로 남 탓만 해댔는지

다시 이 가을에

다시 그 해 이 가을쯤에
도심 속 어느 왕릉을 돌아보니
혼 구멍 날 사람 참 많겠더라
붕당이야 어느 땐들 없으랴만
아무리 바빠도 왕은 왕답게
백성들 소리 자주 들었다는데
광화문 광장 거리거리 골목골목
하늘 땅 울리는 저 절규
썩은 살 도려내자는 호소인데
서초동 길에서는 또 무슨 소리
과연 무엇 때문일까
그 해 가을 설치던 그 불놀이
또 귀 막고 눈 가리려 하는가
이 가을에 다시 촛불이라
누구에게 귓불 잡혀 움씰거리는지
아아, 이를 어쩌랴
하늘 뚫는 저 소리 들어봐도
혼 구멍 날 사람 참 많아지겠는 걸

발왕산 주목

천둥 울고
느닷없는 소낙비

살아 천년 죽어 천년
눕지도 못하고
오늘을 지키는
고사枯死 주목

위로는 하늘 받쳐 들고
아래로는 갈매 빛 산하
굽어보는 암회색 근골이여

현충 용사 그 혼백일까
장한 이름 그대로
국토를 지키시는

노을 구름

〈따뜻한 마음과 공정한 눈으로
국민 옆에〉라는 표어 건물
정문 바로 앞 길 건너
공원 붉은 단풍나무 아래
먼저 떨어진 잎새들
바싹 마른 소리 들으며
너는 지금 무엇을 보고 있는가

밀폐된 서편 건물 지붕 위로
무연히 흘러가는 구름아
너는 지금까지 무엇을 보았는가
무거운 욕심 털고
낮은 데로 몸 낮추어 살아가야지
너는 지금 어디를 가고 있는 거냐
초겨울 서녘 노을 구름아

태평천하

마트에서 오만 팔천 원 만두 가게 구천 원
재난 지원금 사용 내역 메시지로 뜨다니
이 아니 태평성대?!
생활의 거리 두기로 집에서 어정거리다
나라에서 퍼주는 공짜 돈으로 밥 사 먹으라니
이 아니 태평천하!?
한 번도 경험해보지 못한 이 달다란 맛
갑자기 무겁고 두려워진다
공짜에 중독되어 살다 약발 떨어지면 어쩔까
한해에 일백조 넘는 국채 발행 이 빚 갚을 때는
얼마나 힘들까
부모님 등골 빼던 고리채 그 망령 다시 살아나면 어쩔까
얼결에 덥석 받은 조삼모사朝三暮四 먹거리
얼쑤 좋구나 걸판지게 뿌려주는 국고채 지방채 추경 퍼주기
너는 갑자기 멍청해진 원숭이로다!
문득 떠오르는 가렴苛斂誅求 고사
초심 잃어버린 지 오래, 아득히 삐뚤어진 태평천하 선심
과연 누가 감당할까 이 뒷설거지,
가시밭 길 이들 손지 그 후손後孫들이여!

광부 아내 초상

선캄 브리아기 조류, 삼엽충
공룡 알 석탄가루에서도
빛은 살아남아 속삭였다

지구 나이만큼 쌓인 어둠속에
한 줌 빛과 소리를 찾아서
광부들은 검은 꿈을 캤다고
막장일 나가는 지아비
도시락 챙겨주는 아내
하루에도 몇 번씩은
죽살이 고개를 넘었을 게라고

석탄박물관 휴게실 창가에서
눈 쌓인 산만 바라보던
눈꽃 할머니 얼굴
위로 자꾸 떠올랐다
탄굴 광부 아내 초상

시래기

무 청대, 싱싱한 배추 이파리로
시래기를 엮으시던 숨소리
북향 처마 밑 황토벽에
걸리거나 뒷산 솔가지에서 눈바람
쐬게 매달았지 서울에서는 잣나무에

한 젊은이가 가난을 애써 넘다
사경死境을 헤맬 때   (중음中陰?)*
'야, 이놈아! 아직 멀었어!
시래기 열 동은 더 먹고 오너라!'
벼락 치는 소리에 벌떡 깨어나
힘든 고비 잘 넘겼더란 그 말씀

아직도 생각난다면
아무리 어려워도
못 넘을 고비 있으랴
한 생애 굽이굽이 깔딱 고개

* 필자 주, 중음中陰 : 죽은 뒤 다음 생을 받기 이전의 중간 단계

35

디오게네스 등불

을지로 3가역 6번 출구로 나와 직진하다 보았네

여름날 오후 2시 벌건 한낮 길옆 가게마다 최신형 아모레드 전구들이 알몸으로 앉거니 서거니 형형색색 제 빛으로 다투는 걸

뜨거운 여름날 벌건 대낮에도 밝은 등불을? 이리 환한 서울에도 많은 사람들은 칠흑의 한밤중? 마음은 별빛도 없는 어둔 밤길? 디오게네스 망령이라도 서방에서 동방으로 이동했나? 가게마다 즐비한 이 등불은 과연 디오게네스 랜턴일까? 디오게네스 망령이 랜턴을 들고 동북아 서울 한복판에서 나쁜 자들을 물어뜯으려고? 이 뜨거운 여름 한낮에도 춥고 어두운 이들에게 햇빛을 달라고? 등불은 뜨거워지는 허공으로 계속 빛을 쏘아댔네

낡은 상가아파트, 생계형 애환의 어둑한 고샅길, 저만치 빌딩 숲속 음험한 지하경제, 떨고 있을 탈세자와 그 한 패거리, 음탕한 도시 문명과 금융 자본주의 불공정 결탁, 권력과 민중의 표심, 민주와 자유주의 혼돈, 밀레니엄 어두운 쓰레기라도 태우려는 걸까

을지로 3가역 6번 출구로 나온 서울 나그네가 상가아파트 555호를 방문하는 순간에도 벌건 여름 한낮 아모레드 등불은 마냥 환했네

2부 · 봄날 찬란한 소리

기다리는 봄

맵찬 바람 안고 논틀밭틀로 달려오다
넘어져 맨살 찢기고 깨져 뒹굴다
두 눈 부릅뜨고 다시 벌떡
늦을세라 허둥거려도
너를 기다리는 마음은
무겁고 답답한 하루

아무리 어렵게 돌아가도
때 되면 오리라
반드시 오리라 믿는 봄
허리 꺾이고 부러진 갈대
속까지 푹푹 썩을 무렵에야
새 생명 밀어 올리는 찬란한 소리
아직은 기다리는 가슴에나 들리는

봄맞이

거실 분재 꽃나무에
생쥐 눈 하나 둘
틔우는 한낮

할머니는
환한 햇살 담아
묵은 지 만두를 빚고

할아버지는
창밖 나뭇가지 사이로
날아오르는 새들을 본다

봄 비

하늘을 홀로 걸어 다니다
슬그머니 마른 숲으로 가서는
겨울나무 목마름을 달래주고
얼어붙은 땅껍질을 녹인다

오늘 아침엔 내 집에까지 들러
창 밖 벗나무 꽃눈을 쓰다듬다
목말랐던 겨울나무를 적시고
아랫도리로 몸을 낮추더니
바싹 마른 흙살을 어루만진다

조용하고 부드러운 손길로
땅 속 생명들을 깨우려는지
한나절은 알큰한 냄새를 뿌리다
어디론가 그는 슬며시 떠나갔다

오늘은 새날

매화 산수유 목련 벚꽃들아
너무 아우성치지는 마시게
좋은 소리만 들려줘도
좋은 줄 모르는 시절이러니

새벽에 응급실로 실려 갔던 친구
지금 다시 숨 쉬며
친구들 보는 것만으로도
가장 행복한 선물인 걸
몸소 겪어보니 알겠더라고

굳은 땅 바싹 마른 흙살 뚫고
힘차게 일어서는 새내기들
시퍼런 아우성 아니래도
오늘은 새날

일찍 일어난 소리

여섯 시에 창문 열자
풀벌레 소리 이만치
일찍 일어난 새 소리

즐겁게 생각하면
가슴 뛰는 소리
자주 생기는 게라고

오늘도
새로 알려 주네요
일찍 일어나는 저 소리

오늘은 행운

답답한 가슴 뚫리는
해맑은 소리

"아찌, 안녀엉?"
"아가야 안녀엉?
"아이구 이쁘기두 해라!"

빨간 장난감 차에
봄 햇살 가득 실은
우리들 예쁜 아가
아름다운 목소리

오늘은 행운
한층 더 젊어진

찬란한 봄날

양지바른 데 풀싹들
오순도순 놀다
새 살림 꾸리는 날

눈치 없다
오지랖 넓다
군소리 늘었다지만

찬란한 봄날이네요
눈 어두워 더듬거려도
무엇인가 찾아보고 살다니

달 항아리

대청마루
달 항아리

매화 꽃 숲
문중 아낙

보름달
새로 품은
달 항아리

이슥한 달밤
놋쇠 물소리

즐거운 날

써 모은 시
한 차례 밀어내니
다시 허탈해지더라만

혼란스레 날린 시간
아쉬워도
후회는 않을래요

아름다운 사람들 향기
가슴으로 번지는 여운
은은히 들을 수 있으니

즐거운 날이네요
찬란한 봄날
옥빛 하늘 우러르는

아직은 봄날

투박해지는 알몸 속살에
봄날 볕살을 품는 순간
검버섯 백매白梅 등걸도
꽃 한두 송이 피우네요

땅에서는 마른 흙살 비집고
새로 일어서는 새내기들
사이사이로 스며드는 햇살
가슴에서 움씰거리고요

파랗게 다가오는 하늘 아래
어디론가 걸어가는 당신도
아직은 봄날
혼자라도 즐길 수 있는

꽃샘 바다

맵찬 꽃샘 바닷가에서
젊은 날 불씨를 보았네
구리 빛 맨살에
타오르던 불꽃

삶의 바다
거친 담금질에
부대끼고 부서지다
남은 뼈와 살 챙겨온
꽃샘바람 속 나그네

늦은 날에야 볼 수 있었네
저만치 수평선 너머
물과 불이 헐떡이는
저 푸른 말들의 흰 갈기

만나는 날

젊은 날은 젊은 얼굴로
늙은 날은 늙은 얼굴로
허름한 차림으로
박물관 관람하고
고궁도 가볍게 거닐다

몸과 마음 편하게
북촌 허술한 밥집에서
점심 함께 나누고
즐거운 마음으로 돌아오다

차창 밖 찰랑이는 아리수
눈부신 햇살 보며
지그시 눈 감고
오늘도 감사

석양의 불꽃 안고

농담 한 번 제대로 못 하고 살다
옛 친구들 보고 싶어 갔더니
얼굴 도장 찍고
바삐 돌아서는 사람들
쓸쓸한 목소리 듣다
나는 놈 위에 노는 놈 있다는데
늙어서도 느긋하게 놀 줄 모르다니!

그래도 한 잔의 커피로
훈훈한 친구 냄새 맡으며
가물거리는 젊은 날들 살짝살짝
문학얘기 음악얘기 여행얘기 섞어
시시한 얘기들 편하게 나누다
석양의 타는 불꽃 안고
당당하고 화려하게 돌아왔네

좋은 하루

새봄에는 새 리듬으로
느긋하게 걷겠어요

혼자서라도
걸을 수 있으니
참 좋은 하루

새잎이 눈을 떠도
묵은 잎들은 여전히
제 분수 모른다고?

외롭고 쓸쓸해도
당당하게 걷겠어요

꽃들의 자전거

공원길에서는 오늘도
꽃들이 자전거를 탄다

하얀 웃옷 군청색 반바지
빨간 모자 흑진주 눈망울
꽃들은 어디론가 달려야 한다
어른들은 어려운 시절을 아우성쳐도
한창 피어나는 맑은 눈빛 그대로
꽃들의 자전거는 달려야 한다

찬란한 봄날 속으로
신바람 나게 달려야 한다

무거운 시

창문 가득한 햇살
눈 감고 가만히
온 몸으로 받자니

누굴까
이 따스한 손길

마음 편하게 살다
힘든 사연 들으면
자꾸 무거워지네만

그래도 써야지
가벼운 마음으로
무거운 시

춘곤春困

창 밖 마른 풀밭에서
어른거리던 연둣빛

거실 안 군자란
속잎으로
슬쩍 옮더니

어디선가 번져오는
알큰한 냄새

어허 참,
자꾸 나른해지네
자꾸, 자꾸만……

동네 풀밭

풀밭에서는 오늘도
아이들 소리는 들리지 않네
새도 짐승도 벌레도
서로를 보듬어 안고 사는데

풀밭에서는 오늘도
아이들 소리가 들리지 않네
설 자리 누울 자리
풀들은 제 몫을 다하는데

풀밭에서 뛰노는 아이들 소리
왜 들리지 않을까
서로 다른 풀잎 소리
저리 즐겁고 아름다운데

목련꽃 피던 날

봄풀 돋는 외길에서
붉어졌던 얼굴
한 점 생각나면
목련꽃 피었다고 일러라

언제 다시 볼 수 있으랴
목련 꽃 하얗게 피던 날
육십여 년 너머
그 얼굴

봄날 햇살 속으로
먼 물길
걸어오는 소리

낙 화

산사 처마 끝에서는
풍경風磬이 울고
절 마당에서는 홀로
목련이 진다

시절 바람 어지러워
담금질 그리 당해도
봄 냄새 맡고서는
찬란하게 피어오르더니

어허, 벌써들 가야할 시간?

길 가던 나그네
잠시 하늘을 본다

몸살

새로운 봄을 맞을 적마다
혹독한 시련을 준다는 건
편하게 걸을 수 있음에
고마운 줄 알라는 경고일까

머릿속은 숯불 놋쇠 화로
팔다리 끊어지는 이 아픔
끓는 머릿속 반란도
한 생애 겪는 아픔이거니

죽살이 문턱을 넘나드는
몸 속 항균抗菌 용사들이여
저항하라 빡세게
네가 이겨야 살아남느니

꽃은 피고

열흘 전에는 산수유가 피더니
곧바로 매화가 기품을 드러내고
한 주일 전에는 백목련이 웃더니
오늘은 개나리 진달래가 한창입니다

배꽃 찬란한 시절 떠나신 그 곳에도
꽃들 활짝 피는 봄날입니까?
바람 잘 날 없는 이승이래도
꽃은 여전히 피고 있습니다

송구스런 마음자리에 슬쩍 오셨다
선뜻 가시는 당신이 생각나자
벚꽃 하얀 튀밥 빛깔에
서러운 공복을 느꼈습니다

꽃의 여행

천상에서 지상으로
지상에서 또
어느 먼 곳으로
홀연히 날아가다니

흩날리는 영혼일까

한창 좋은 시절에
떠나시다 벗어 놓는
허름한 입성일까

올해도
꽃나무 한 그루
보공補空 한 벌 지으셨다

아침 다짐

자리에서 눈 뜨자
손가락 발가락 손목 발목
무릎관절 고관절 움직여보고

몸 편안히
숨 쉴 수 있는 게
얼마나 큰 선물이냐고
아침 시간의 물살 위로
감사하는 마음 보내드려야지

오늘도
마음 비우고 겸손하게
내 갈 길 열심히 가야지

거래의 법칙

쌀 두되를 걸머메고 수덕사에 도착
요사채에서 절밥 먹고 자고
해우소解憂所에서 깊은 곳으로
그것이 떨어지는 소리도 듣고
소년은 맨 처음 법문을 들었거니
"물건을 사면 그 값을 꼭 내야하느니…"
'그런 걸 누가 모를까, 이름난 스님이라면서…'

삼십여 년 뒤 그 산문 도량을 찾던 날
불현듯 그 비구니 스님 법문이 떠올라
건방지던 시골 소년의 주름진 이마
산바람에 식히며
'그렇지, 세상에 공짜는 없지…'

다시 삼십여 년 뒤 춘원문학 기행 길에서
초등 사년 시골 소년이 듣던 그 법문
그 스님 모습이 얼핏 떠오르는 건 뭘까
속세의 인연도 산중 수도도 사릉 농사도
영욕의 세월도, 천둥번개 치는 오늘도
새싱민사 지은 대로 기둔다는 밀씀이있거니

3부 · 범북의 노래

POST

소리공원 가는 길

오늘도
소리공원으로 간다
유수지 맨바닥에서
무슨 회의를 하는 걸까
흰색 검은색 회색 비둘기들
속이 타고 목이 타고 가슴이 타서
머저리가 되는 가슴에 불이라도 활활
너희들도 영혼마저 타들어가고 있나?
바른 소리 들으러 소리공원으로 간다만
나라 걱정하는 사람들도 소리공원으로 갈까
바람 불면 수런거리는 나뭇잎 소리
이따금씩 날아오르는 비둘기 소리들 뿐
소리공원에서는 아직도 들리지 않는구나
놀러 나온 사람들 팔팔한 소리
일 나가는 사람들 신바람 소리

문 열어라

아이야, 문 열어라
어디 무서워 다니겠느냐
숨구멍 막혀 영혼마저 털릴까
두렵구나 코로나19 공포
차라리 집콕 방콕 틀어박혀
눈 귀 입 닫고 사는 게 낫다니!
새도 짐승도 좋은 시절 만나야
제 노래 맘껏 부른다는데
어슬렁거리는 멧돼지들 무서워
문 열어놓고 살 수 있겠냐만
한 번도 들어보지 못한 소리로
적폐청산 청산 외치던 사람들아
제 잘못은 전부 남 탓이라니!
아직은 남았을까
보통사람 수오지심羞惡之心
아이야, 어서 문 열어라
어딘들 무서워 다니겠느냐
들리는 말 말 앞뒤 다른 저 얼굴 그 말

새벽달

자식들 통학 열차 시간 늦을세라
물두멍에서 떠올리시던 새벽달
아직도 새벽을 열고 계셨네요!

전쟁으로 피폐해진 지구촌 곳곳에서
얼마나 많이 보셨나요
하늘 길 여시느라
하얗게 센 얼굴
얼마나 많이 들으셨나요
아우성치는 사람들
아기들 울음소리

그래도 열어주시네요
슬픔과 아픔 너머
넓고 깊은 마음 길

아침 햇살 안고

아침 햇살 안고
새소리 듣는 사람아
몸 하나 건사하는 게
하루 일 전부라니!

은총인 줄도 모르고
햇살 받는 사람아
더 늦기 전에
짐은 덜어내야지

아침 햇살 안고
찾아 살펴야지
날로 쌓이는 허물
마음 빚

낮 달

반나절은 지나서야
지게문 열고
냉수 한 사발
단숨에 들이켜더니

혼자 중얼거린다
허름한 툇마루
닮은 사내

'얼굴은 겨우 세웠다만
아무래도
시는 낮달이야'

역설逆說

앞으로는 살면서
아프지도 말아야 하나봐

의대 지망생은 날로 늘어도
위험부담은 한참 높고
돈이 되지 않는 진료 과목은
너도 나도 기피한다는데

시로는 밥도 먹지 못한다는 걸
철들어서야 알게 된
늦깎이는
이제 어쩔거나

숙명으로 알고 살아야지
사는 날까지는 억세게

신바람 소리

무슨 소리 없을까
오늘도 소리공원으로 간다만
소리공원에는 소리가 들리지 않네

무슨 회의를 하고 있었을까
흰색 검은색 회색 비둘기들
풀밭에서 웅성거릴 뿐
언제 들릴까
놀러 나온 사람들
밝고 맑은 웃음소리

언제 푸른 하늘 울릴까
싱싱한 젊은이들
신바람 소리

곧은 소리

큰 건물 어두운 그림자
울적한 소리 잠시 잊고

아무리 어려워도
곧은 소리
제대로 들어보자는데

가물 든 민초들
끓는 피 끓는 피
뜨거운 가슴에
언제 제대로

깨끗한 손으로 빚은
곧은 소리
언제 제대로

풀과 흙과 뿌리

풀들은 맑은 얼굴로 산다
지구 마을 곳곳에 뿌리 내리고
널리 씨를 퍼트려 살면서
무수한 생명들 안식처를 만들고
때 되면 묵은 것 덜어내고
새로 일어서는 싹들을 위해
늙음과 젊음을 보듬어 살다

설 자리 앉을 자리 누울 자리
찾아서 할 일 다 하고는
새 세대 거름이 되는 원리를 알고
먼저 난 풀은 먼저 죽고 썩어도
한번 꽂히면 놓아주지 않는 흙과
풀과 뿌리들의 강렬한 합환이여
풀밭에서는 즐거운 소리가 들린다

무술戊戌 세밑 길

무술년 세밑 들녘 길에서
억새풀 하얀 머리칼로
한천을 쓸다 울컥거렸느니

한 번도 경험하지 못한
시절을 만나서였을까
한 걸음 한 걸음 다가오는
수상한 냄새들
너무 역겨워서였을까
자꾸만 내로남불
무서웠던 소리들
퍼뜩퍼뜩 생각나서였을까

아직도
세밑 길을 걷다보면
다시금 움찔움찔 놀라게 되다니

해우설解憂說

아이는 들길을 걷다
근심을 한창 풀어내는데
빤히 올려다보던 구철초
하얀 꽃송이

아이는 구절초에게
뭐라 했을까
은발의 억새밭에서
화급하게 근심을 해결하고
하늘을 올려다보는 아이에게
저 깊은 하늘은 뭐라 했을까

과연 하늘은 뭐라 할까
해가 서녘에 걸려있는 시간
몹시 바쁜 걸음이어도
근심을 털지 못하는 이들에겐

투표를 하고

산수유 목련 개나리 벚꽃 철쭉
저마다 움씰거리는 사월
늬들도 백가쟁명이냐
코로나19 비닐장갑 낀 손으로
소중한 한 표 행사하고 오니
왜 이리 허전할까
처음 경험하는 깜깜이 투표
잘 살릴 수 있을까 의회 민주주의
내일이면 새로 일어설 얼굴들이여
이 핑계 저 핑계 국민 핑계로
패거리 논리는 펴지 마시길
인기 영합주의 거수기 되어
나라곳간 거덜 내지도 마시길
소시민 한 표에
너무 많이 담은 걸까
자유 대한민국 큰 소망

먼저 웃어줘야지

시절이 어려워서일까
덧쌓이는 나이 탓일까

우수 경칩 지나서도
썰렁한 마음이라면
먼저 손 내밀고
반갑게 웃어줘야지

봄을 기다리던 나무
따스한 햇살 그리웠다고

가랑잎 하나

소나무 마른 가지에서
실낱 거미줄에 매달려

바람 한 점 없어도
느싯느싯 흔들리는
마른 입술 하나

어느새 너도
바싹 마른 입술로
허공에 매달려 어디로?

그런데, 지금 너는
혼자서 어디로?

외출 준비

시간을 챙기고
지갑을 챙기고
소지품 챙기고
매무새는 수수하게

온갖 가능성을 열어두고
즐겁고도 반갑게 만나서는
너무 따지지도
후회하지도 말아야지

꽉 막힌 가슴에는
바람구멍 하나쯤
새로 만들고

좋은 아침

심혈관 뚫고
아침 산책길 걷다

걷는 길 발끝 바로 앞에
실 개미 한 마리
알짱거릴 제

발로 땅이라도 굴러
살려 보내려는 아침

개미 한 마리 함께
참 좋은 아침
달맞이꽃들 환하게 웃는

사과나무, 사과

봄날에는 꽃잎 하얀 빛으로
가을에는 능금 붉은 빛으로
한 해 두 번 사과나무는 말한다

사계절 무거운 등짐 지고서도
과수원 사람들은 사과로 살고
사과나무는 탐스런 열매로 살다
이승의 꽃으로 피어나는 가을 날
그림자를 던지고 가는 구름과
봉황산 청솔 바람은 알았을까
하늘과 땅과 사람들 땀으로
꽃 피운 저 붉은 알몸들 언어

부처님 찾는 길손도 알았을까
무량수전 산문 밖 구리 빛 노파네
허름한 좌판에서 반짝이는 그 눈빛

공복空腹

아침 먹고 곧바로
점심을 날름거리는
저 빠른 시간의 혀

남녀노소 구별 없이
휴대폰에 빠지는
저 중독성 허기
문명의 덫에 걸려들어
휘청거리는 메마른 공허

무엇으로 메울까
날이 갈수록 깊어지고
허해지는 이 공복감

떡 이야기

사랑하는 마음으로
즐겁게 떡을 만들고
나눔과 배려로
두루두루 떡을 돌린다지만

미운 사람
떡 하나 더 주라는데
과연 더 주어야 할까?
떡장수 아주머니
밤새도록 등쳐먹은 호랑이
욕심 사나운 그들에게도

어른 말씀 잘 들으면
자다가도 생긴다는
즐거운 떡

바위에서 깜빡

약수터에서 솟는 물 한 모금 마시고
능선 낮은 바위 저만치 아래
회색 시멘트 골조 틈서리
세상살이 사람 냄새
잠시 생각하다 그만 깜빡

척추를 바위에 잠간 눕히고
깊은 하늘 먼 공간으로
구름사다리 타고 올라간
맨발의 시인들 생각하다
바위에서 그만 깜빡

불현듯 졸음 깨니
벗어놓은 신발에 햇살 넘치고
하산할 꼬부랑길로 걸어가네
한 점 바람의 저 하얀 맨발

늙는 값

눈이 어두워진다는 건
덜 보라는 것일 테고
귀가 어두워지는 건
덜 들으라는 말인데

갈수록 눈치 없이
만나면 쏟아놓는
저들 폭포 소리
피곤해도
흠씬 젖어줘야
늙는 값 하는 걸까

눈으로 웃어주고
가슴으로
들어주어야지

얼마나 살아남을까

시론에 억매이지 않으리라
작심을 하고 쓰지만

언어들은 반란을 일으키고
번개 같은 이미지는 깨지고
의미마저 단절되려는 순간
한창 일구는 시의 밭에서
날아오르는 하얀 나비들
낯익은 빛을 찾자
눈앞에 일렁이는
꽃 한 송이

얼마나 살아남을까
새로 피워낸 향기

공원 나그네

안팎에 쌓인 먼지 털어내고
돌아보는 한해 너무 어두운데
코로나19 번진다는 거리 골목
너무 무겁네 마스크 덮인 얼굴
보다 더 무섭게 들리는 소리

공공수사공수처법公共搜查公搜處法
그 사람들 숫자로 밀어붙였다니!
견공들은 공원에서 물러가라
공수공수恐水恐水 공수병 걸릴라
아무리 슬쩍 덮으려 해도
수상한 냄새 이상한 냄새야
풀과 새들은 알아차릴 텐데

나라안팎 헤매는 나그네들이여
소띠 새해에는
튼실한 황소 팔다리로
힘차게 일하고 신나게 놀 수 있길

서녘 길

어제는 나무 울타리 너머
저만치 서녘 길로
앰뷸런스가 소리치며 달려갔다

오늘은 울타리 안 마을길에서
절룩이는 지아비를 부추기고
허리 굽은 할머니가
서녘을 걸어갔다

어제도 오늘도
앰뷸런스는 여전히 소리치고
늙은 내외는 무거운 몸으로
걸어갔다 너도 가는 서녘 길

범부의 노래

사람들은 곧잘 철들어 말하지
한 십년만 더 젊었더라면
하고 싶던 일 잘 할 수 있겠다고
그런데 어쩌랴 하고 싶던 그 일
십년 전 미래인 오늘도 그대로인 걸

나이 들어 조심스러운 건 말씨
더 조심스러운 건 마음 자세
올 길 못 올 길 제대로 걸어왔는지
돌아봐 달라질 게 없는 오늘이라면
어쩔거나 십년 전 아쉬웠던 그 일들

무거운 것 다 던져버린 오늘도
그저 하루 밥 때 거르지 않는 걸
크게 후회하지 않는 삶이라면
우주 안 내 낡은 거푸집 주인이여
하루하루 따뜻한 햇살이나 나누어 받길

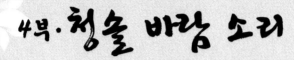

4부·청솔 바람 소리

POST

참숯불

젊어서 쓰다 접고
늦깎이로 다시 쓰는 시
입술이 마르기도 하지만
푸른 기운을 느낄 적마다
꺼질 듯 다시 타오르네요

어릴 적 장작불을 지피거나
젊어서 팔리지 않는 시를 써도
즐거운 하루를 보냈다면
살아온 날들은 참숯불

늙어서도 시를 쓰는 가슴은
사랑방 나그네 참숯불
숨 꺼지는 날까지는
진짜 참숯불 일레요

사는 날까지는

얼굴 서로 보고
밥 한 끼 같이 먹고
마음 편히 말하고 듣고
주고받는 마음 다는 몰라도
그냥 웃으며 만나고 헤어지고
사는 날까지는 꼭 그럴 사람

햇발 좋은 날 설렁거리는 솔가지들
저 푸른 울림으로 만나서
농담이라도 거짓말은 못 하는
늙어서도 꼭 그런 사람
과연 몇 번이나 만날까
우리 사는 그 날까지는

영혼의 소리

얼마 전 가파른 산을 오르내릴 때
무엇으로 태어나길 원하느냐 묻기에
바람 부는 날 허공을 거닐다
우주의 한 모퉁이, 지구촌 동북아
한국 토종 늙은 소나무 숲 언덕에서
맑고 푸른 솔바람 소리로나 태어나길

왜 자네는 죽어서도 지구촌에만?
지구촌 흙에서 먹고 살았으니
진 빚은 갚으려고……
과연 지나친 욕심일까
육신의 한 낱 원소로 떠돌아도
영혼 함께 머물기를 바라는 건

어디선가 문득
'거, 쓰잘 데 없는 생각……'
그래도
청솔 푸른 바람에 묻어 왔네
흔들리는 영혼의 소리

흔들리며 사는 이유

갈대는 갈대로 억새는 억새로
큰 바람에 부대끼면서도
새로 뿌리를 낳고 키워
늙어서도 제 뿌리는 지키느니

저 꺾인 줄기와 찢긴 잎은
알리라, 눕고 일어서고
서걱거리는 소리로
아린 가슴 쓸어주다

한 평생 트고
갈라진 가슴으로
흔들리며 사는 이유

신호등 앞에서

기다릴 줄 알아야 했는데
경고음을 무시한 채
종횡무진 잘도 달리더니

몸은 신호를 보낸다는데
긴급 상황 신호에도
그것을 무시했다니
제 몸의 빨강 신호
왜 몰랐을까
기다릴 줄 알아야
그리움도 알겠거니

정신 줄 놓친 사람아
신호등 앞에서는
파랑 신호를 기다렸어야지

할머니 사랑

어린 손주들을 볼 적마다
할머니는 손톱을 깎아주셨다

"너무 짧게는 깎지 말아야지……"

할아버지는 한 마디 거들지만
손톱이 너무 길면
여러모로 덜 좋다고
할머니는 손톱을 깎아주셨다

'저 녀석들이
제 할미 손톱 깎아드릴 날도
그리 멀지는 않은데…… '

선산을 지키는 한 그루 노송
삭정이 손가락으로
할머니는 손톱을 깎아주셨다

미루나무

어디서든 편하게 자리 잡아
너그럽게 살아서일까
시절을 휘젓는 칼바람
후들대는 소낙비 다 맞고도
제 소리는 곧잘 냈다

나는 오늘도
오가는 새들 사람들
쉼터라도 마련했다만
너는 그 동안 무엇을?

햇살 빤짝이는 이파리로
제 소리를 곧잘 내는
늙수레한 미루나무 앞에서
아무리 생각해보아도
큰소리칠 일은 찾기 어려웠다

돌의 눈에도

아무리 제 철 만났다 해도
찢고 뺏고 싸우다간 동타나지
친친거리다 텃밭 짓밟히고
끝내는 안방까지 점령당하더니

웬걸, 캠코더로 왼통 도배질
멀리 보고 저울대 잡아야지
너무 기울면 그들도 동타나지
끝내는 거시기, 거시기 마패
들이밀고 큰소리치는 사람들

달라는 대로 다 주면······?
공짜, 공짜 너무들 좋아하면
끝내는 베네수엘라 판박이
나라곳간 거덜 내면 어이할까

돌의 눈에도
검은 그림자들 어른거렸네

어두운 풍속화 (45)

왕성한 지기地氣의 혈穴 곳곳에
쇠말뚝을 박았다는 사람들도
뻔뻔스레 행세는 한다만
부모 형제들 가슴에
못질을 하면서도
못질인 줄 모른다니

팍팍한 세상을 살아도
가질 것 조금 덜 갖는
아름다운 사람들이여
못질 없는 세상은 언제 올까?
오늘도 들리는데
가슴에 못질하는 소리

하늘 문 알고

젊은 날은 허기져 헤매다
칠순이 지나서야 만나 본
온타리오 호반도시 작은 식당 앞
버나드쇼 동상 비명碑銘

정말 오래 버티면 이런 일 생길 줄 알았지!*

꾸물거리다 쌓인 허물 짊어지고
어찌 오를까 저 하늘 사다리
금강산 절벽에 매달린 소나무도
폭염의 모하비 사막 가시나무도
하늘 빚 다 갚아야 산다면
어찌 흘려버린 시간만 탓하랴
가야하는 길 더 늦기 전에
제대로 살아야지,
하늘 문 알고

* 버나드쇼 碑銘 글귀 "I Knew If I Stayed Around Long Enough
Something Like This Would Happen!"

명상

창 밖에는 얼음 바람
잣 가지를 흔들어대도
어디쯤에 계실까
창 안에 난초 한 촉
꽃 대 밀어 올리는 저 손
멀뚱한 관엽 벤자민 줄기에도
연분홍 꽃등 달아주시는

우주 공간을 오가는 빛살로
하루하루 시간을 쪼갤 때
나무는 신목으로 절을 받고
돌은 신심으로 절을 받는다지만
무엇으로 절을 받을까
지상을 걸었거나 달렸거나
허공을 걸어가는 이

매듭은 풀고

소금포대 매듭을
가위로 잘라내려는데
어디선가 들려오는 소리

그렇게 잘라버리면 못써
귀찮고 시간이 들더래도
매듭은 풀어야지

아 그렇지 매듭은 풀어야지
세상 살다 묶여진 매듭들
못 푼 것 있으면
풀고 살아야지

더 버겁기 전에
매듭은 풀고 살다
가볍게 가야지

무위, 저 소리

툭, 털썩, 따닥, 딱··········
"여보쇼, 거기 누구요?"
"······························"

가을날 알몸이 추락한다는 건
얼마나 무거운 사건인가
무거운 사건은 무서운 소리
세월의 초고속 열차 안으로
들려오는 이런 소리 저런 소리
무거운 소리를 들으면서도
무서운 줄 모르고
어느 날 종점을 바라보게 될 때
얼마나 무거운 소리로 들릴까
무위無爲, 저 소리

따닥, 딱, 툭, 털썩, ··········
"여보쇼, 거기 누구요?"
"······························"

무서움

젊은 날 세상 물정 모른 채
낯선 길을 선택해야 할 때
가슴이 두근거렸습니다

머릿속 팽팽해진 생애 끈이
눈앞으로 내려올 적마다
도전의 그네를 만들어
멀리 앞을 보았습니다

허공에 걸린 가슴은 떨렸고
젊어서는 밝은 눈의 세상이
요즘은 어두운 눈의 세상이
자꾸만 무서워집니다

웃음 잃은 얼굴을 보는 날은
덜컥, 삶이 허盧해지고
눈도 흐릿해집니다

사당역 별곡

시간을 쪼개고 맞추고
날짜와 시간을 재단해서야
세 친구가 만나서는 웃고
저승사자를 만나고 왔다는
한 친구 얼굴 마주 보며
살아온 날들을 주고받다

가벼운 점심 한 끼 나누고
커피숍에서 두어 시간쯤
옛날 벗들을 낚기도 하다
못 나눈 말 몇 줄씩 들고
한 친구는 4호선으로
다른 한 친구는 2호선 상행
또 다른 친구는 2호선 하행으로
제 길 잡으며 던졌던 말

"먼 데로 가기 전 자주 만나세!"
그런데 이제는 ············

산중 잡설

주황빛 참나리 연분홍 나팔꽃
고운 풀꽃과 꽃나무 사이
풀만 쳐내는 늙수레한 처사
처사님, 꽃을 참 잘 가꾸셨네요
가꾸기는, 절로 나서 절로 피는 걸

절로 나서 피고 지는 생애라도
꽃과 풀은 지금
처사님 낫날 아래 섰는데
왜 차별을 받는가요?
나도 그건 모르지,
모르는 걸 어찌 말하겠소?

아직도 말하기 어렵다는 걸까
알아도 모른 체 산다는 건가
저 손에도 생사여탈권?
나그네는 혼자 웃다
가던 길 가더라

서울 살이

마흔 해를 넘겨도
도심으로 나갈 적에는
자주 길을 묻게 된다

아는 이를 만나면
인사는 나누어도
헤어져 돌아서면
가랑잎 썰렁한 소리

그래도
떠날 때는 남을까

커피 한 잔 나누던
서울 살이 나그네
빈자리 그 여운

오늘

오늘은 소중한 날입니다
갈보리 봄보리 낱알 영글고
풀 섶에 냉이 씀바귀 꽃
선인장 꽃 소나무 꽃
길상화 피는 날도

호수에 물구나무 서는 산
물 아래로 오가는 구름
먼 훗날 문득 떠오를
아름다운 그 어느 오늘도
가장 소중한 날입니다

호랑나비

크고 작은 나무들 속삭임도 듣고
낮은 데로 흘러가는 물살도 보고
거친 바람에는 휠 줄도 알고
피할 줄도 알면서
때로는 흔들리며 가다

길고도 지루했던 날들
사람살이 고개 너머
구름 잡는 이야기들
잠시 던져두니

어느 날 겨우 보였네
호랑나비 한 마리
늙은 나무 잔가지를 넘나드는

당당하게 펄럭여라

시민들 광장에는
수많은 바람이 설쳐도
깃발이여 당당하게 펄럭여라

가로수 아랫도리에 땅거미 서리면
어둠 속 카멜레온들은 또 게걸스레
거대한 사욕을 채우려 들끓는다지만
청사의 창공을 휘날리는
자유 대한민국 태극 깃발이여
본디 색깔 잃지 말고
더 높이 더 멀리 펄럭여라

시민들 광장에서
수상한 바람몰이꾼들은
아무리 이상한 소리를 내더라도

물러난 생활

묶여서는 하고 싶던 일
꽤나 많을 것 같더니
물러나서 자유로워지니
새로 할 일 많지 않네

좋은 물건 좋은 자리 있다고
전화는 꽤나 온다만
속 비우고 살아야지
바람 들면 지뢰 밟을라
글 몇 줄 읽고
동네 한 바퀴 돌면
하나씩 스러지는 기억들

늦가을 흩날리는 가랑잎에
어느 뉘 관심 둘까만
그래도
가끔은 기다려지는 마음

해넘이 다짐

섣달 그믐날에는 창문 열고
쌓인 먼지를 털 때마다
먼지보다 작은 일들에 싸여
먼지 속에서 산다는 걸 깨닫고

버리지 못한 것들 버리고나니
한결 가벼워지는 마음
꽃나무 먼지도 닦는다만
한 밤 자면 어느새 새해

먼 데 가까운 데
잊을 일 잊고
막힌 귀나 뚫어야지
세끼 밥은 잘 챙겨 먹고
밥값은 제대로 하고 살아야지

검진 (1)

욕심을 끌어안고
버거워 하던 그 사람
속이 몹시 상했다는데

정말 몰랐을까?
살면서는 검진을 받고
때때로 검증도 받으며
조금씩만 덜어내도
안팎이 편해진다는 걸

초음파 내시경으로 살펴봐야
몸 속 사정 조금 안다지만
보이지 않는 흐름도
볼 수 있어야 한다는데

오늘도
오는 날은 모른 채
하늘에 매달려 산다

그 해 토요일 밤

그 해 토요일 밤에는 이슥하도록
물기 마른 나무들을 흔들어댔다

너무 닳고 닳은 솜씨로
북 치고 장구 치고
나발 불어 이상한 불씨를 지필 때

침묵하던 수많은 노목들
거리마다 무거운 눈빛들이여
정녕 제대로 들었는지
과연 제대로 보았는지

전문 꾼들 그 거친 입담도
사회를 깨우라는 그 목탁도
원리와 질서는 지켜야 했는데‥‥‥‥

그 해 토요일 밤에는 바람몰이들이
큰 나무 우듬지를 마구 흔들어댔다

말하라, 풀꽃이여

날로 스산해지는 날씨 앞에
가랑잎이 골목골목 뒹군다고
마른 풀들마저 떠나라고?

말하라, 이름 모를 풀꽃이여
늦가을에 말라죽을 몸이라도
메마른 대지에 꽃을 피워
꽃씨는 퍼뜨릴 수 있었다고
말하라, 늦가을 풀꽃이여
빈자리 채우려거든
잘 썩는 거름이 되겠다고

판 벌여놓고 떠나라니?
말하라, 마른 풀꽃들이여
지금은 떠날 때 아니라고

흙과 뿌리

놓아주지 않는 근성으로
어디서든 한번 만나면
서로를 놓아주지 않았다

설 자리 앉을 자리
　뿌리가 튼실해야
　제 구실 잘 하지……

묵은 뿌리는 중심 가까이
새 뿌리는 흙살 속으로
멀리 멀리 뻗어

그들은 오로지
하늘만 믿고 살아갔다

술의 새

미세먼지 자욱한 창밖을 보다
돌아가는 세상 너무 어지러워
얼결에 술 한 잔 마시네

농익은 검붉은 오미자 술
진액이 되도록 두고만 보다
끊은 술, 오랜 만에 마시니
혈관에서 나래치는 새
눈 씻고 보라 하네
수시로 변하는 저 하늘

오장육부에서 열 받은 새
눈 씻고 보라 하네
수시로 변하는 저 얼굴

날더러 오늘

이상 고온 열풍 넘기느라
슬쩍 본 〈오늘의 운세〉
날더러 오늘
귀 막고 눈 감고
말 아끼며 지내라 하는데

세 뿌리 조심하라던 말씀
요즘 생각하니
정말 무릎 칠 만하네

혀뿌리 발(뿌)부리 중심 뿌리
여기저기 잘못 다스려
볼썽사나워지는 얼굴들 좀 봐
오늘 하루도 근신해야지
이상 고온 열풍에 맨살 델라

눈치만 보다니

연일 들끓는구나
우리 한반도 하늘 땅 사람들
양식장 양계장 돼지농장 각종 작물도
이상 고온 열풍에 생살 썩는다는데

중구삭금衆口鑠金이라지만
언제 정신 번쩍 들까
서민들 눈초리 저리 날카로워도
제 탓인 줄 모르는 저 쇠가죽 얼굴들
금수저 흙수저 백동전 노랑동전까지
너도 나도 눈치만 보다니!

중복걸이 개도 개 비슷한 무리도
혀 빼물고 헐떡거리는 무술년
언제쯤 한풀 꺾일까
이 끝 모를 한반도 미친 열기

신선한 얼굴

고양이들도 그늘에 납작
엎드려 헐떡이던 여름
여의도 미친 열기에
밤낮 지치고 늘어지다
새벽을 달리던 사람이여
얼마나 그리웠을까
신선한 공기

누가 하늘만 탓할 수 있으랴
누가 시절만 탓할 수 있으랴
떠나고 싶어 하는 사람들이여
아무리 힘들어도
여기서 뼈와 살 묻어야
다시 볼 수 있으리
신선한 얼굴

청솔 바람 소리

외롭거나 고달픈 길목에서도
흔들리지 않는 굳건한 나무여
이순을 넘긴 지 엊그제 같은데
벌써 팔순의 나이테라니!

삶이야 언젠들 비바람 없을까만
젊은 날은 저만치서 반짝이고
아직도 초심의 열정 번뜩이느니
팔순의 나무여 아름다운 사람이여
해마다 새로워지는 푸른 그늘에서
어렵사리 만나는 새로운 얼굴들이여

이제라도 한 잔 술 나눠 볼거나
오는 이 가는 이 마음 닿는 대로
소리꾼 이야기꾼으로 다시 만나서
청솔 푸른 바람 소리 뽑아볼거나

5부·때로에서 건진
작은 구름들

길 위 한살이

엊그제는 들길을 걷다가
소낙비 만나고
회오리도 만나더니
어제는 산길을 가다
큰 바위 얼굴도 보았네

가던 길 앞만 보고 가다
정신이 퍼뜩 들었을 때
한 발 한 발 딛다
어느새 예까지……
언제 이 길 다시 걸어볼까?

이제는
오가는 소리 멀어져도
가는 길 그대로 가야지

가야하는 길

시를 쓰는 사람과 평생 살아도
관심을 잘 보이지 않던 시
오가다 만나는 사람들이야
어찌 바로 좋아질까만

젊은 날 밤잠 설치면서도
시로는 밥을 벌지 못했어도
참고 살아준 덕택에
눈 어두워도 쓰고 있으니
젊어서 보낸 날들은
그런대로 본전

남은 날이라도
내 방식 그대로
가야하는 길 다잡아야 겠네

호수 빛 하늘

청설모 다람쥐 야생 토끼들도
발 빠르게 수런거리는 아침
백모란 하얗게 웃는 뜰에서
1004호* 주인 내외와 첫 인사를 나누고
검푸른 숲 너머 쏟아지는 금빛 화살을 보았네

한낮에는 잔디밭 철재 원탁에서
조선 뚝배기 여섯이 둘러 앉아
미국산 쇠고기를 구워 먹을 때
머릿속을 뒤흔드는 데모꾼들
미국산 쇠고기 광우병 파동 아우성

풀밭을 날으는 검은 나비야
아름드리 우듬지로 시퍼렇게
쏟아지는 미시간 호수 물빛 하늘
어디로 걸어 갔느냐?
서울 하늘 광란의 그 먹구름들

* 1004 hastings street, park ridge, IL.에 위치.

숲길을 달리며*

울창한 숲 속 길을 달리며, 문득
나무들도 이렇게 쉼터를 주는데
우리 사람들은 ……?

무수한 생명을 낳고 기르며
저 수려한 나무들은 지금
살아서도 죽어서도
한 자리에 살아
산 자들은 아름다운 울림으로
죽은 자들은 침묵의 헌신으로
새로운 그리움 만들며
삶의 고리를 잇고 있을 게야

그런데
너는 지금 ……?

* 스모키 마운틴 애팔라치아(Appalachian) 산맥 국립공원

참나무

굵은 참나무들 우거진 숲 속 언덕
곰의 키스bears kisses 오두막*에서
환웅의 후손으로 살아온 날들 돌아보며
오늘은 그저
일흔 살 한 그루 나무이길

저 건장한 나무만큼 참고 참아
온갖 헛바람 잘 견디고 살아
별들의 속삭임도 들을 줄 아는
오늘은 그저
한 그루 건강한 참나무이길

유능한 목수에게는 필요한 목재로
시인의 화덕에서는 잘 타는 장작으로
제 몫을 다하다 죽는 고사목으로
오늘은 그저
진실한 한 그루 참 나무이길

* 3층으로 지은 난롯 팬션 이름

캐빈cabin의 아침

헐렁한 차림으로 동창을 여니
높은 데서 번들거리는 신록들
눈부신 햇살 온 몸에 감고
짙푸른 소리를 쏟아낸다

언제 또 누릴 수 있을까
오늘의 이 느긋한 여유
이 고비 저 고비 넘다 보면
이런 날도 오게 마련이로고!

싱싱한 숲 속 맑은 공기
깊고도 길게 마실 때
누군가 풋풋한 소리로 넌지시

'자네는 무얼 남기고 갈 텐가?'

혼자서 중얼거렸네
심신이 피곤한 이들에게
즐거움 주는 시라도 한 편 남기길

캐빈의 밤하늘*

어릴 적 밤하늘에 살아있던 그 별들
검푸른 하늘에서 쏟아지고 있었네
어둑한 산 멀리서 폭죽 터지는 소리
허공에 흩어지는 황홀한 불꽃 너머
큰 별 하나 유난스레 반짝이고 있었네

문득 문득 생각나는 사람 이름으로
늘상 마음속에 계시는 분 이름으로
함께 늙어서 고마운 사람 이름으로
별은 풀벌레들 수많은 아리아를 만들고
별은 잠 못 이루는 새들 날갯소리도 만들고
별은 땀 흘리는 가슴들 푸른 꿈을 만들고

오가는 나그네여, 그대 삶이 무료하거든
어린 날 가슴 속 별을 가끔 꺼내보시게
아름다운 별들이 반짝일 때마다
대지는 늘 생명을 낳고 가꾸고
당신의 별도 저렇게 빛나리니

* 미국의 독립기념일 밤 (/월 4일)

135

고사주목枯死朱木

클링맨 돔*의 짙푸른 침엽수림 속
바싹 마른 회색 뼈대 알몸들
고사주목 군락 앞에서
생각해봤네, 사람살이
한 주기 생애

멍에도 벗고, 길마도 벗고
앉을 자리 누울 자리
아픈 소리 쓴 소리
분별할 줄 알고
눈치 안 봐도 좋을 나이는?

살아 천년 죽어 천년 나무여
그 이름으로 다시 태어나길
인간사 한 생애 백년
부끄럼이나 없기를

* 스모키 마운틴의 한 정상(clingman dome)

휴론 호반에서

온타리오 주립공원 휴론 호반을 거닐 때
날더러 무엇을 말하라는 걸까
가슴으로 밀려오는 소리여

눈부신 은빛 모래를 핥는 햇살
옥색, 녹청색, 쪽빛 출렁이는 물결
위로 달려오는 푸른 바람 안고
발랄한 젊은이들 목소리
들으며 휴론 호반을 거니는 나그네여
자아를 찾는 마음으로
노래하라 오늘은 아름다웠노라

넓은 숲 나뭇잎들 속삭임이거나
대지를 품어 안은 저 호수이거나
살아서야 들을 울림이거늘
어디서든 맘껏 노래하라
새로운 도전을 모색하는 이들이여

나이아가라 폭포

가. 새벽녘에

밤새도록 큰 소리를 치더니
새벽녘에는 허공에
쏘아대고 있었네
수천수만 빛의 화살

대지를 흔드는 야수들 울음으로
거침없이 무너뜨리고 있었네
굴곡진 어둠과 공포
우직하게 쏟아내고 있었네
수많은 수직의 원리
서슬 푸른 소리들

새로운 도전을 불러 모아
온몸으로 쏟아내고 있었네
하늘과 땅의 규범
논리와 질서

나. 한낮에

폭포는 온몸으로 울고 웃다
순간순간 다른 빛과 소리로
허공을 우렁차게 울리다
시퍼런 눈을 번뜩이고 있었네

살다보면 낭떠러지도 만나고
무지개도 만나고
뛰어내려야 할 순간도 만난다지만
들끓는 청춘의 날숨일까
거짓을 끊어내는 칼날일까
아니면
낡은 이념을 털어내려는 몸부림일까

폭포는 줄기차게 소리치고 있었네
제대로 된 나라, 제대로 된 땅
제 길 찾아 제대로 흘러야
세 몸노 빛닐 수 있다고

다. 석양 무렵에

마음으로나 들을 수 있는 걸까
새로 쏟아놓는 저 소리
가슴에나 담아두는 물상일까
허공으로 날리는 물보라
그 위로 올라서는 무지개

저 알몸들의 장렬한 낙하
뛰어내려야 사는 숙명으로
폭포는 소리치는데
대자연은 꾸짖고 있는 걸까
선을 넘으려는 문명의 탐욕

듣는가, 폭포 앞 나그네여
주저 없는 저 함성
보는가, 흐름의 질서
자유를 열망하는 몸부림

라. 밤의 함성*

굴곡진 세상의 불협화음인가
도전을 모색하는 포효인가
수직의 원리와 질서로
어두움을 뚫는 소리일까

낙하의 논리와 규범으로
시퍼런 칼날을 번뜩이다
낮은 데서나 높은 데서나
뛰어내려야 할 순간에는
먼저 움직여야 산다고?

잠 못 이루는 나그네여
들리는가, 주저 없는 함성
보이는가, 어둠속 빛의 흐름
큰물도 절벽을 만나면
뛰어내려야 다시 산다는

* 나이아가라 Embassy hotel 1812호에서

시골 공원

아름드리 늙은 나무 허리춤
유월 녹색 차일 틈서리로
어릿어릿 걸어오다
넘어지는 쪽빛 바람

노는 놈 위에
나는 놈 있다고!
스스로 규범과 질서를 세우고
소리치며 내닫는 아이들 함성
시퍼렇게 날아오르는 너른 풀밭
등짝마다 부서지는 눈부신 햇살

저 싱싱한 푸른 목소리
찬란한 빛살 품어 안고
맘껏 뛰고 달리는 아이들
풀뿌리 꿈나무들 자유여 민주여

구름 나라

백설의 산맥이 달린다
희디 흰 강물도 흐른다
흘러내리는 모든 것들
안으로 품어 안는
구름의 바다

너른 들판에서는
흰 소들이 땅을 갈고
바람 자는 물가에서는
무심 촌 거사들이
세월도 낚는가?

한 순瞬의 햇살은
광음光陰의 사다리
사다리를 오르내리며
구름 나라 아낙들은
목화를 따고

(이집트 행 항공기에서)

143

그랜드 캐년

눈을 감았다
다시 뜨고
본다, 놀란 입 다물지 못한 채

헤라클레스 근육질 팔다리로
깎고 뚫고 조이고 맞추다
밟고 굴리고 두드려 고치다
심술이 벌컥, 허공에 팽개쳐
저렇게 박살이 난 걸까

적토 황토 암회색 근골이 처박혀
널브러진 해골들 미라
실핏줄 신경줄기 세포 나이 20억
신장 446km 허리 29km
1.6km 깊이에서 포효하는 소리

상상과 사유의 거리 너머
거대한 생성 스토리 안길에서는
청솔 그늘 아래 일개미들이거나

구경나온 떠들썩한 사람들이거나
너는 한 순간 지구촌의 바람 한 점

본다 그랜드 캐년
거대한 알몸의 뼈와 살
뒤틀린 오장육부 용트림
일그러진 안면 눈 귀 코 입

조물주 실수였을까
다시 본다
자연사 박물 위대한 걸작

룩소, 나일강가에서

이 세상에 살면서는
살아서나 죽어서나
무슨 등짐을 져야하는가?

산 자는 강 동쪽으로
생활의 지혜를 찾아
말 마차를 달리고

강 건너 서쪽에서는
삼천년 너머
무덤 속 영광으로
관광객을 불러온다니

무심히 흘러가고 있었네
강 건너 붉은 산 위
서녘 구름 한 조각

동해 파도

수평선 저만치서
푸른 말들이 달려오다
달려오다 고꾸라지면
온 몸이 부서져도
다시 일어나 달려오다

검푸른 갈기 바짝 세워
하늘로 솟구치는 천마들
먼 허공에서 수십만 년 놀다
우주 공간 지구 촌 동북아
바다에 다시 내려와
헐떡거리는 저 시퍼런 숨소리

그들은 오늘도
동해 바다에서 벌떡 일어나
어디론가 숨차게 달리고 있었네

(블라디보스톡 행 DBS훼리호 갑판 위에서)

순두부찌개

어제 딸을 시집보내고
맨 처음 서부여행을 왔다는
초로의 제주도 내외를 만나서
소박하게 대화를 엮어주던
LA 어느 골목 순두부찌개

"칠순이라고 애들이 불러서 왔는데
뭘 좀 배우기엔 너무 지각을… "
"늦으시기는, 저와 함께 서시면
누가 더 나이 들었는지 잘… "

낯선 나라 어설픈 여로에서도
허전한 속을 덥혀주었네
북창동 순두부찌개

황산 설경

가을 여행객으로 왔다
산상 호텔 얼음 냉골에서
밤새 떨던 친구들과 눈 비비고

새벽녘 하얀 눈밭 멀리
먼동 트는 동녘 하늘
　　　　벌건 홍시 하나

　　놀라는 눈빛들 바로 앞
　　깎아지른 절벽
　　　　눈 바위 소나무 눈
　　　　　　허공에 걸린
　　　폭설 속 실낱 길
　　　　　눈 소나무 바위
아하! 천하 명품
설경 산수화로다
얼어붙는 입술에서 터지는 소리

시차 회복

시력과 팔다리 근력이 줄어서야
삶의 속살 조금씩 보이는가?
길고 먼 길을 돌고 와
밤과 낮을 혼란스러워하는 몸이여
낯선 얼굴들과 황량한 모하비를 달리거나
버지니아 짙푸른 벌판을 달리거나
물과 바람과 햇볕의 조화로
하늘과 땅은 제 색깔 달리해도
꿈도 사랑도 오늘에 살아서야
즐거움 아름다움 함께 누리느니
지구 마을을 오가는 나그네여
오늘의 시차(時差)에 순응하길
젊거나 늙거나 한 가지
오늘 하루라도 가던 길 잠시
잠 속에 편안히 쉬어야 했네

히로시마에 내리는 눈

히로시마 공원에는 눈이 내리는데
서울 파고다 공원에도 눈은 내릴까
일본 땅 히로시마 공원에는
눈물이 이렇게 질척이는데
한국사람 가슴에도 눈은 내릴까

1945년 8월 6일
무서운 섬광, 그 불빛
내리치는 벼락, 그 천둥
고열을 동반하는, 그 폭풍에
찢기고 바스라지고 녹아버렸을
그 날의 건물 퇴락한 철골 앞에서
무엇을 생각하고 있는가?
하얀 눈발 속 나그네여

하얗게 흩날리는 눈바람 속에
불현듯 떠오르는 전율 상황,
그 때 그 전범들은 어디서
무슨 변명을 할까

한 세대, 또 한 세대 건너
그들의 후손은 번영을 누리고
세계 평화를 부르짖는다만

지구촌에서 희생자는 누구?
피해국 후손들에게는 무엇을?
평화 공원 자유의 종에도
화상 입은 소년의 조상(彫像)에도
하얗게 하얗게 눈은 내리는데
억울한 아픔 내려놓지 못한 채
아직도 허공을 떠돌 원혼들이여

히로시마 공원에는 눈이 내리고
눈물은 이렇게 질척이는데
파고다 공원에도 눈은 내릴까
할머니들 가슴에는 아직도
서러운 세월이 시퍼런데
눈 속의 나그네여, 들리는가?
제국주의 추종자들 그 억지소리

히로시마 공원 평화의 종은 울릴까
지구촌 사람들 가슴에는 언제쯤
울려 퍼질까 한국인들 가슴 가슴에
사랑과 신뢰, 그 마음 언제 젖어들까
나그네 가슴에 하얗게 눈은 내리는데

금강산특구 나고 들기

바람이 불 때마다 누웠다
다시 일어나는 억새들
억척스런 풀 섶 사이
황색 표지판 하나
빡세게도 버티고 있었네

한 서린 비무장 지대
남방 한계선 바깥 쪽
눈 귀 코 촉수觸手들
저마다 모질게 잠가놓은
북방 한계선 초소를 지나자
민둥산에는 잔솔만 썰렁했네

등잔불 심지 돋우며
양말 구멍 꿰매시던
오육십 년대 우리 엄니들
고단하신 숨소리 들리는
무거운 쇠 울타리 너머
검정 옷 주민들 이따금 자전거도

저녁노을 속으로 지나고 있었네

금강산 관광특구에서 사흘
허락된 길로만 다니며
상큼한 공기나 실컷 마시다
보여주는 것만 보고 오는 길
한 숟가락 흙도 안 돼요
나뭇잎 한 장도 안 돼요
어린애 조막만한 돌멩이도
일체 반출할 수 없다지만

궁금한 마음일랑 모두 접어둔 채
기암절벽 틈서리에 앙다물고 사는
소나무 생태를 가슴에 담고 오는 길
군사분계선 남측 초소에서 보았네요
하늘 땅 모두 볼 수 있는 우리 산하
우리 병사들 윤기 흐르는 얼굴
맘껏 날아오르는 새들 노래 소리
초겨울 별산 따스한 저녁 시간